Jyanome
presents

# TWILIGHT
# OUTFOCUS

*overlap*

c o n t e n t s

Gehen wir schlafen.

Ab ins Bett.

Hm? Wo ist mein Handy?

Du hast es vorhin auf den Tisch gelegt.

Gute Nacht.

Okay.

Habt ihr morgen früh Training?

Ja. Ich gehe vor dir.

Mein Süßer darf weiter-schlafen.

Stimmt. Ich muss meinen Wecker noch stellen.

TIPP

TIPP

LINS

Er hat also nicht mal bemerkt, dass er sein Handy nicht bei sich hat.

Früher hätte er es überhaupt nicht aus der Hand gelegt.

Ah! Wenn du mir so nahe bist, will ich's immer direkt mit dir treiben.

...

Wenn ich meine Hand nach ihm ausstrecke, erreiche ich ihn ganz leicht.

Und er erwidert meine Annäherung sofort.

QUIETSCH

Ob es in Ordnung ist ...

... ihn ganz für mich allein haben zu wollen?

15

ZUCK

Wie?! Ich habe die ganze Zeit auf deinen Anruf gewartet!

...

Nein, warte ... jetzt hör doch mal zu ... ja ...

Ich kann meinen Schlüssel nicht finden. Ob Hisashi schon zurück ist?

Wegen dem Filmklub wurde es später.

Ah, diese Sucherei nervt mich.

KRAM

KRAM

Ich bekam es unwillkürlich mit der Angst zu tun.

"Er telefoniert mit dem Kerl von früher!", schoss es mir augenblicklich durch den Kopf.

PUUUH

Beruhige dich. Beruhige dich.

Mach dich nicht lächerlich. Es ist bestimmt nicht so.

Keine Panik.
Ich vertraue
ihm.

Wie?!

KLACK

Ich
habe die
ganze Zeit
auf deinen
Anruf
gewartet!

Nein,
warte ...
jetzt hör
mir doch
mal zu ...
ja ...

LUUUG

Es sind
dieselben
Worte wie
eben.
Er
wird doch
nicht ...

Hm?

...!

Ich hab eine Rolle im nächsten Stück be- kommen!

BADUMP

Mao?

Was für 'ne Rolle, oder?!

... aber ich spiele einen gutaussehenden Typen, der durch sein Telefonat den Protagonisten sichtlich irritiert.

Ist zwar diesmal nur ein Satz ...

Hä?!

?!

SCHWANK

Es tut mir leid!

Glü... Glückwunsch!

KULLER

KULLER

Ja, ich dachte mir das schon. Aber trotzdem.

So, so! Du dachtest also, ich hätte mit meinem Ex telefoniert?

Ganz sicher nicht.

Entschuldige bitte. Das war meine Schuld. Ich kann verstehen, wenn du sauer auf mich bist.

Ich bin nicht sauer auf dich. Aber ich hätte große Lust, etwas richtig Versautes mit dir anzustellen!
DODOM
!!!
Ich muss dir wohl mal zeigen, wie sehr ich dich liebe.
Sieht so aus ...
... als würde ich nicht direkt in die Hölle kommen. Aber mit Hisashi an meiner Seite kam ich ihr auch in dieser Nacht ...
... wieder ein kleines Stück näher.

# Die Farbe der Liebe – Soft Focus

Was redest du denn da? Guck doch genau hin, Mensch.

Der passive Part, der „Uke", scheint das sehr zu genießen.

Hab gehört, das soll sich gut anfühlen ...

Ziemlich sexy.

Ah, stimmt. Ist das diese Prostata-Massage, von der die immer quatschen?

Aber da brauchst du echt 'ne gute Technik, um die mit deinem Schwengel zu stimulieren, oder?
Wie der „Seme", der aktive Part.

Ist sicher nur der Schwanz, der sich gut anfühlt.

Ja, ja, versteh schon. Du denkst halt wie 'n Mädchen.

Das meinte ich nicht! Mensch, Leute, hier geht's ums Gefühl! Es ist das reine Glück, das sie fühlen, weil sie endlich vereint sind!

Und wieso müsst ihr eigentlich so übertrieben derb reden?!

Versteht ihr das denn nicht?!

24

BLÄTTER

...

RASCHEL

Und? Welcher Part wärst du gerne, Ichikawa? Uke oder Seme?

?

Ha! Jetzt hast du's gesagt! Nun hast du dir alle BL-Liebhaber und -Liebhaberinnen zum Feind gemacht!

Weder noch. Ich bin nur stiller Beobachter.

Hm? Hab ich etwa was falsch verstanden?

Sorry.

Aber sag mal, Mao?

Du bist ja ganz tief versunken? Sag bloß, dir gefällt das?

BADUM

Ähm ... Nein ...

Wie? Was murmelt der Herr?

Hä?

NUSCHEL

NUSCHEL

...

MURMEL

...

MURMEL

Wie? „Muss man ...“

„Muss man so viel lecken und reiten und lauter versaute Sachen machen, wenn man Sex hat?", sagst du?

Oje ...

überrascht dich das etwa?

Mann! Schrei doch nicht so!

Ganz falsch.

♡ WUUHuuuu ♡

Aber stimmt schon.

Selbst in Softpornos sieht man ganz schön viel.

Oben, unten, Doggystyle, Reverse.

In diesen Werken steckt so viel Tiefe und Bedeutung!!

Selbstverständlich sind auch erotische Softpornos, die das körperliche Verlangen durch den Eros und die Schönheit stillen, etwas Wunderbares!

Die BL-Bände, die ich uns hier rausgesucht habe ...

... erzählen alle von den großen Hürden, die Liebende überwinden mussten, um endlich zusammen zu sein!

Es gibt natürlich auch andere Werke, die genauso gut sind!! Die lassen wir aber heute außen vor!!

BL ist Liebe!

Die Erotik und die Liebe in Boys-Love-Titeln, das, meine Freunde, ist die Liebe selbst! Versteht ihr das?!

※Ichikawas ganz persönliche Ansichten.

28

Um ihr Gegenüber glücklich zu machen, um ihren Körpern Lust und Freude zu bescheren ... all das entspringt reiner Liebe, wahrhaftiger Zuneigung und gegenseitiger Rücksicht- nahme!

Eine kostbare Liebe! Eine ehrliche Liebe! Diese Bücher fließen über davon!

von ... von ... von ... (Echo)

※ Ichikawas sehr voreingenommene persönliche Meinung!

Liebe!

Nicht wahr?

Hey, geht's dir gut? Dass du echt mal mit Ichikawa übereinstimmst? Sag bloß, du hattest grad die große Erleuchtung?

GNN

Geistesblitz!

Ver...

Verstehe! So ist das!

29

Bin wieder da.

!! !

Oh!

Und du, Mao?

Ist später geworden. Ich werde was essen und dann gleich baden gehen. Der Tag ist immer so schnell rum, oder?

STARR

Ich bin schon komplett fertig.

Du solltest dich beeilen, Hisashi. Heute gibt's Karaage* zum Abendessen.

Oh. Okay, ich beeil mich.

Schön, dass du wieder da bist.

* frittiertes Hühnchen

Mao?

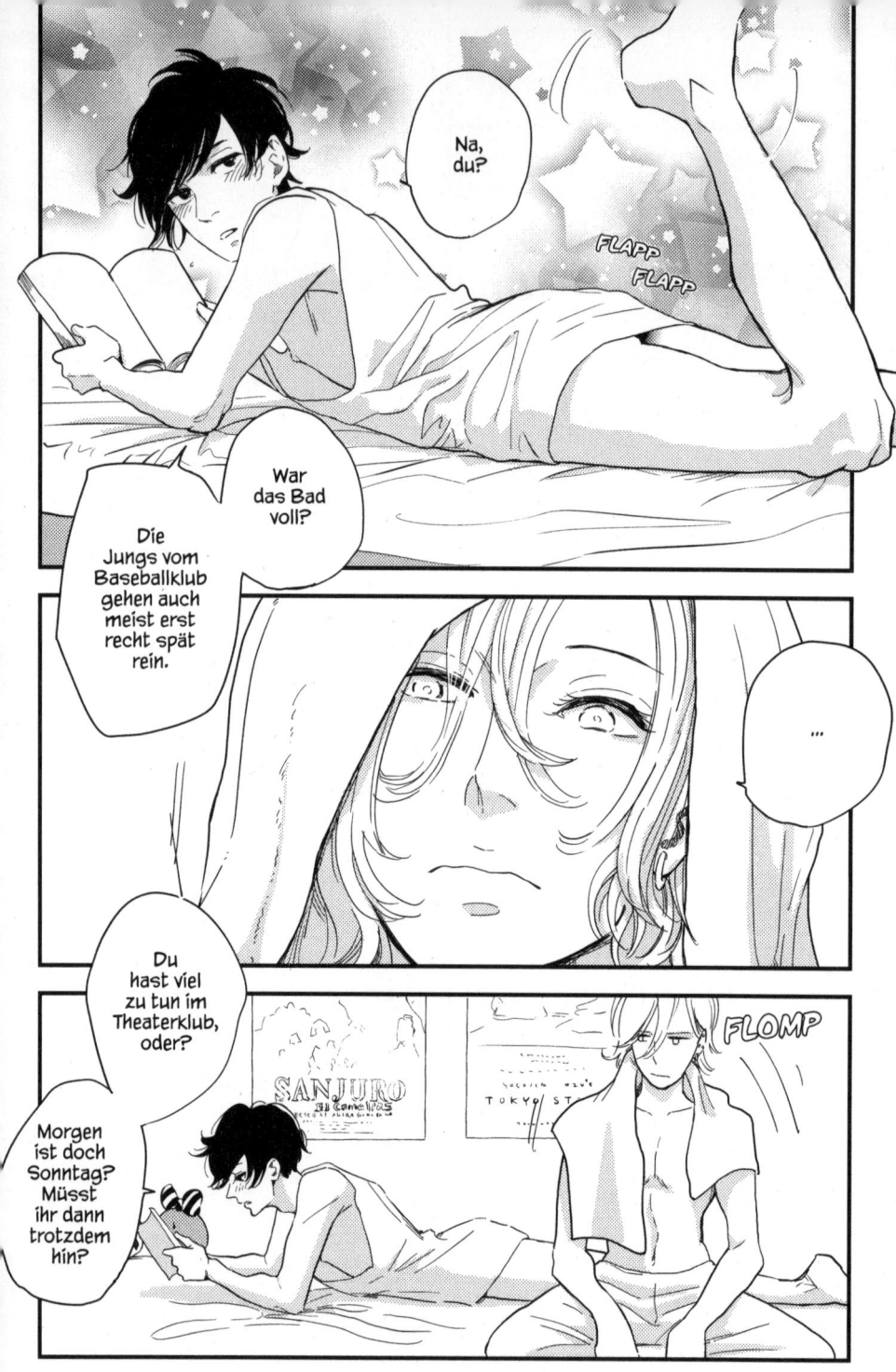

!!!

ZUPF

Unterhose: na klar!

Natürlich habe ich was an!

Oh, du hast ja doch was an.

Tss!

Ich dachte, du bist unten ohne.

Na ja, also ... das ...

NA?

NA?

RUTSCH.

RUTSCH

Du hast sogar noch weniger an als vorhin!!

Du hast sie mir aber gezeigt.

Willst du mich etwa verführen?

Mein Mao? Hm? Möchte mein Schatz mich etwa bezirzen? Das wäre ja ganz was Neues.

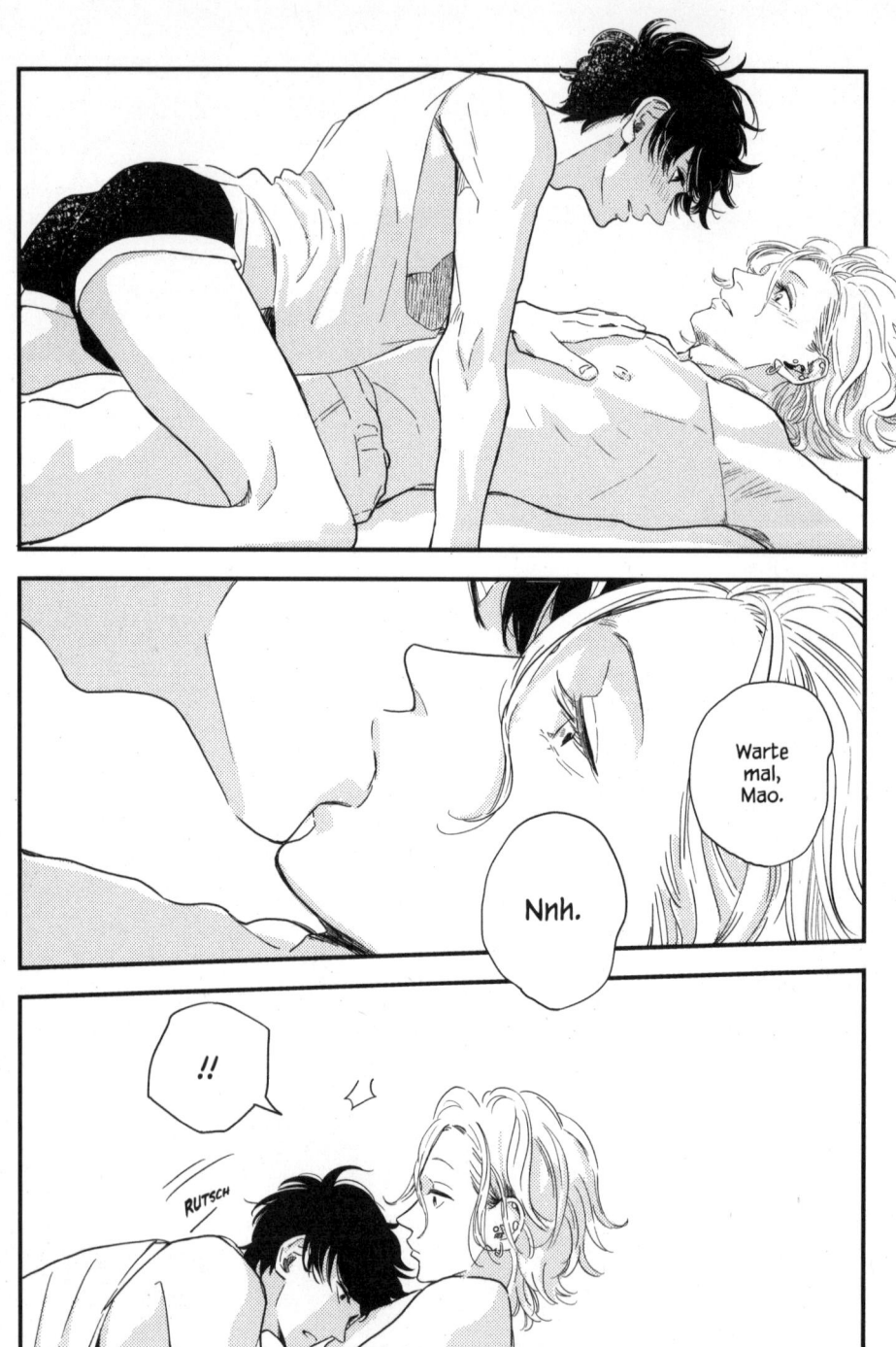

LECK
LECK
SCHMATZ
KNUTSCH ♡
SCHMATZ ♡

ᴏᴏᴏ

Vielleicht
...

LECK

Oh!

Du willst
also heute
ran, hm?

Ich bin
gespannt,
was du
mit mir
anstellen
wirst.

BADUM
BADUM

AUFGEREGT

!!

HIHI ♡

MIAU  MIAU  Trink!

SAUG  SAUG  SAUG

Katzen-
mama

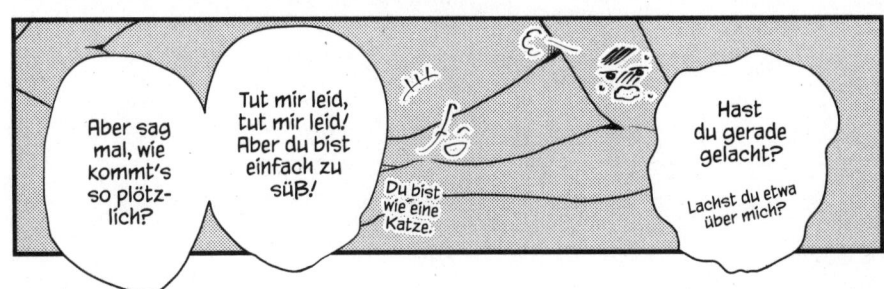

Aber sag
mal, wie
kommt's
so plötz-
lich?

Tut mir leid,
tut mir leid!
Aber du bist
einfach zu
süß!

Du bist
wie eine
Katze.

Hast
du gerade
gelacht?

Lachst du etwa
über mich?

Also ...

Wolltest du ...
mich vielleicht
erst mal nur
umarmen?

Aha.

Das
hätte ich
machen
können.

Ich habe
nicht so ge-
nau darüber
nachgedacht.

Kann sein.

Ich bin
etwas
erleich-
tert.

FWAH

Ich wollte
dir einfach
ein gutes
Gefühl
geben.

Immer bin
ich es, der
sich von dir
verwöhnen
lässt.

Hisashi, ich
möchte dich
auch gerne
mal ...

Ah?

!!

ZUPP

Was machst du denn?!

Ich ...

Ich wollte doch aber!

Du machst es mir auch.

...

Mit dem Mund.

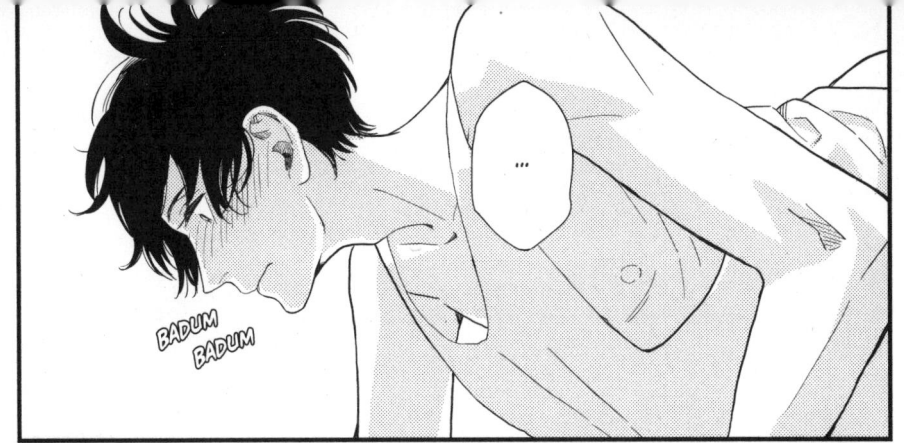

BADUM
BADUM

HAH

Gehören
die Hotpants
hier dir?

Die
hatte ich in der
Mittelschule beim
Schulfestival auf
der Masken-
parade an.

**Was den
Nachthimmel
erleuchtet**

Die
Nächte
mochte
ich nie.

Ich wollte nie
nach Hause,
hab mich lieber
in Spielhallen,
bei McDonalds
oder im Konbini
rumgetrieben.

Es gab für
mich keinen
richtigen Ort,
an dem ich
bleiben konnte.
Bleiben wollte.

... doch so
sehr ich auch
wünschte, ich
hatte immer das
Gefühl, als ginge
keiner meiner
Wünsche in
Erfüllung.

So sprach
ich meine
Wünsche zu
den Sternen
...

Okay, wenn du meinst. Aus dem Wohnheim?

Weiter als bis zum Tor? Mao, aus dir wird doch wohl kein unanständiger Junge geworden sein?

Doch, doch. Ich bin ein richtig böser Junge.

Gemeingefährlich!

HAPPY HAPPY

Oha, ich krieg Angst!

Hahaha.

Sieh an, sieh an.

So gerissen, dass ich dich direkt mitnehme.

Also los!!

Seit dem Frühling im ersten Jahr fotografiere ich regelmäßig ...

... unsere Schule, wie man sie von Midorigaokas Aussichts-plattform sehen kann, aber ...

... die Szenerie bei Nacht wirkt noch nicht so, wie ich es mir vor-stelle.

Tagsüber war klarer Himmel.

Könnte gut aus-sehen heute Nacht.

Ach, echt? Ich war noch nie bei der Plattform.

Ist die Aussicht denn schön?

Benutzt du das für einen Film?

Nein, einfach nur aus Interesse. Das ist so 'ne Art Film-tagebuch.

Zwar hatte
ich die Nächte
immer gehasst,
aber ...

Als
du was von
Aussichts-
plattform
sagtest, hatte
ich es mir nicht
so leer vorge-
stellt.

Tagsüber
ist auch
kaum einer
hier.

Ab und zu
vielleicht mal
ein Jogger,
das war's.

Wohl,
weil Nacht
ist?

Wer kommt raus? Ein Geist?

Angeblich veranstalten die Leute aus dem Hockeyklub am letzten Tag ihres Sommercamps jedes Jahr hier oben eine Mutprobe.

Wobei, man sagt ja, dass „sie" immer nachts herauskommen.

Nacht für Nacht sollen die Geister der gefallenen Soldaten ...

... hier oben ihr Unwesen treiben. Voller Hass und Groll und ganz verbitteeert!

Genauhuuu! Früher soll auf diesem Hügel ein Friedhof gewesen sein.

Ach, echt?

Kraaass.

... bittert bittert ... bittert.

Nö. Na ja, der Ort an sich sorgt schon dafür.

Oder nicht?

Deine Hände sehen süß aus.

Hast du keine Angst?

So gar keine?

...

OH!

Verstehe. Es war nicht so, dass ich die Nächte nicht mochte. Ich hatte einfach nur Angst.

DRÜCK

Hisashi?

*Ich hatte Angst, weil die Nacht mir vor Augen führte, dass ich allein war.*

Doch
jetzt ... jetzt
hat die Nacht
etwas Gutes.

Hmm.

Nrh.

NG

NG

Nh!

Hah!

Haaah!

LECK

SLUPP

Nur ein bisschen.

Ich streichle nur deinen Rücken.

...?!

Hisashi, hey!

ZUCK

KNUTSCH♡

Hisashi, lass das! Nicht hier!

Ah!

Was denn? Es ist dunkel und niemand ist hier. Keine Sorge.

Nachts ist alles erlaubt!

Schon, aber wir sind draußen. Lass das bitte!

STOPP!

Mmgh.

HAAAAH

MURMEL

Wenn wir zurück sind, können wir uns Zeit nehmen und es richtig machen.

We...

...

Hier können wir nicht ganz so weit gehen.

MURMEL

Alles klar. Dann schnell zurück in unser Zimmer.

Aber lass uns das mal wieder machen.

Egal ob tagsüber oder nachts.

Nur wir beide.

Okay?

Auf dem Rückweg sahen wir eine Sternschnuppe.

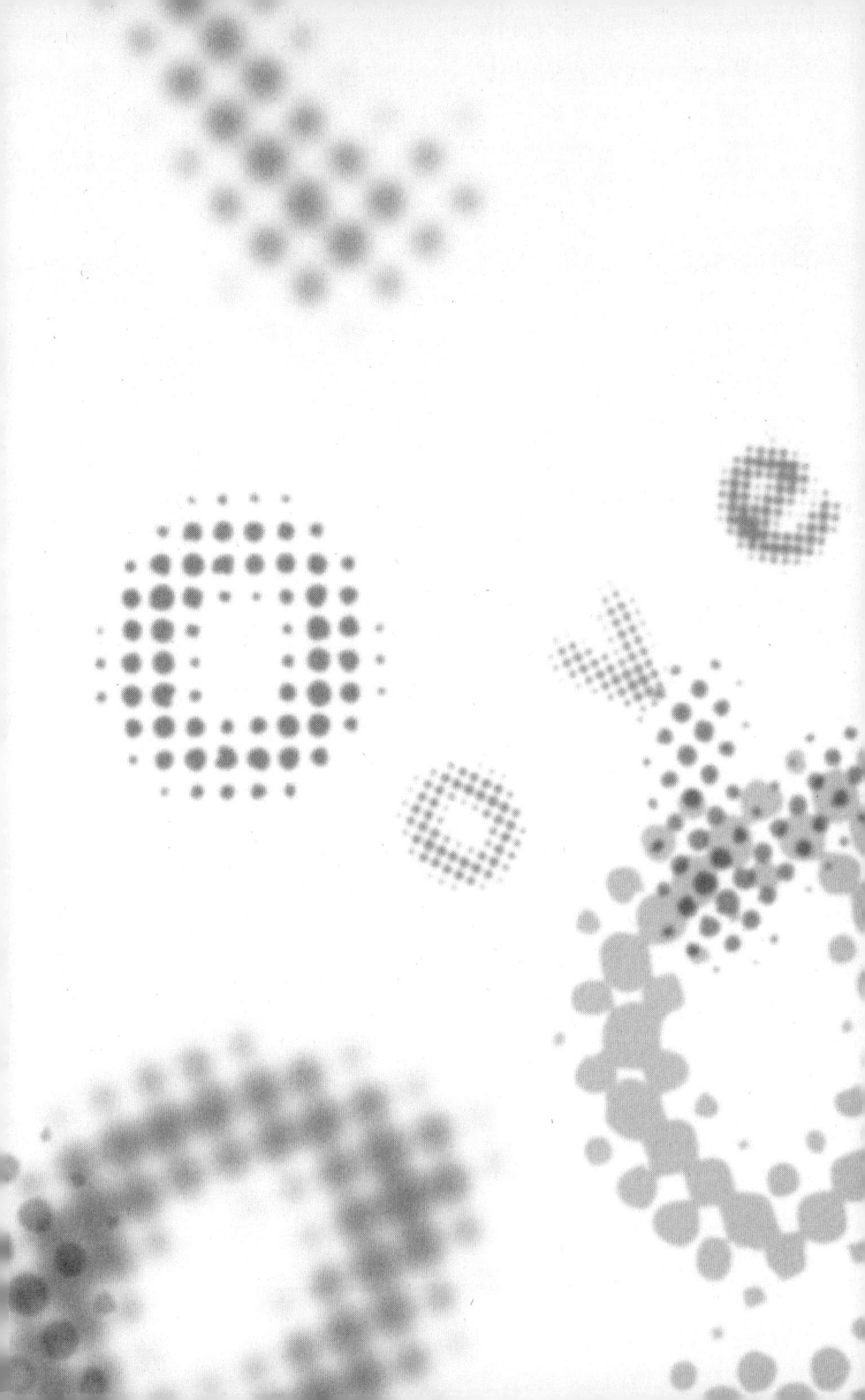

Twilight Outfocus
overlap
take1

In
dieser
Zeit ist
so viel
passiert.

Hisashi
und ich
sind nun
knapp drei
Monate
zusammen.

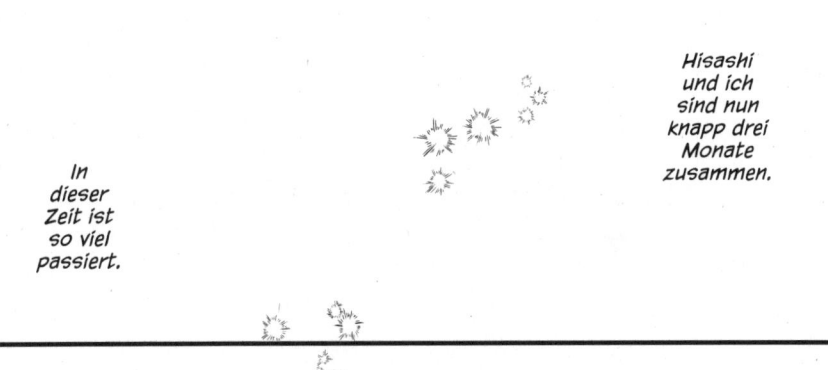

Zum Beispiel
der Wettbewerb
beim Schulfest.

KULTURFEST DER MIDORIGAOKA OBERSCHULE

Wie alle Jahre wieder, fand auch dieses Mal der Wettbewerb unseres Filmklubs unter der Aufsicht der Schülervertretung statt.

423 Stimmen für den Film des 3. Jahrgangs mit dem Titel „Das Wesen aus dem All - The End of the World - der lebensbedrohlichste Organismus ever".

214 Stimmen gingen an „Die vier Jahreszeiten und du, etc." des 2. Jahres.

Das Ergebnis lautet ...

Die Stimmenauszählung ist hiermit offiziell beendet.

YEEEAH

Der Sieg geht somit an den 3. Jahrgang!

*Keine Frage, ich war auch enttäuscht.*

KULTURFEST DER MIDORIGAOKA OBERSCHULE

*Ichikawa war sichtlich frustriert.*

ABSCHLUSSPARTY DES FILMKLUBS
AUS DEM ZWEITEN JAHR

TROST-
PARTY

Ort: Zimmer vom Filmklub
Uhrzeit: nach dem
Wettbewerb

FÜR DIE AUS DEM 3. JAHR
(UND AUCH AUS DEM 1.)
KEIN ZUTRITT
ZUR SIEGESFEIER
NO ENTRY KEEP OUT

WOOOAA!

Leute!

Macht mal
nicht so
'ne Toten-
gräber-
stimmung
hier.

TOTENGRÄBER-
STIMMUNG.

Mit der
Vorführung auf
dem Schulfest
hat unser Film
einen würdigen
Abschluss
gefunden.

Sag doch
einfach
„Danke"
und lass
uns endlich
anstoßen.

Leider
mussten wir
aufgrund der
Begriffsstutzig-
keit des Publikums
gegen die aus dem
3. Jahr im Wettbe-
werb eine Nieder-
lage einstecken.
Das ist wirklich
bitter.

Aber! Ich
bin nicht der
Meinung, dass
wir verloren
haben. Verlie-
ren existiert
für mich
nicht!

Ommm ...

Ja, genau!
Kopf hoch,
Leute.

Ah,
schon
wieder
leer.

Sagt
der
Ehren-
gast.

Danke, Otomo.

Aber soll ich dir mal was sagen?

Ganz freundlich ...

BOM

Deswegen ... gebt auch nächstes Mal wieder alles!

Oder so.

Warum so zögerlich?

Mit mehr Bumms bitte!

HA HA HA

Dass Hisashi so etwas sagt ...

BATSCH

GNN

GNN

Schrei nicht so. Lasst uns die Niederlage akzeptieren wie Gentlemen und einen neuen Film in Angriff nehmen.

Für dich gibt's keine Sommer-ferien, Ichikawa.

Niemals! Nein! Nein! Nein! Wir haben noch lange nicht verloren!!!

Ich wollte auf keeeeeeinen Fall gegen die aus dem 3. Jahr verlieren!

Dass Hisashi mit uns allen feiern und lachen kann.

Prooost!

Früher hätte ich das nie für möglich gehalten.

Nein!
Wir machen nicht blau. Ab heute ist wieder normaler Unterricht.

Im Filmklub fangen wir auch mit unserem neuen Projekt an. Die Sommerferien sind nicht dafür da, um zu verkalken.

Ich hab irgendwie keine Lust mehr zu gehen.

Lass uns doch heute blaumachen und zu Hause bleiben.

ZUCK

Naaa guuut.

Dann geh ich auch mal brav zum Klub.

Hisa-shi!

Renn!

Wir kommen zu spät!

Der Sommer ging allmählich in den Herbst über.

Und du,
Hisashi?

Nein,
Moment
mal! Ich bin
doch immer
derjenige, der
verwöhnt
wird.

Ob er nun
meine Hand
hält, mich
küsst oder
ob wir Sex
haben - es
geht immer
alles von
Hisashi aus,
oder nicht?

BETRÜBT

BETRÜBT

Wenn wir
zusammen sind,
schlägt mein Herz
schneller, als ich
es gewohnt bin.
Er macht mich
so glücklich.
Ich könnte
ihn ständig
vernaschen.

Ich liebe
Hisashi.
Ich liebe
ihn mehr
denn je.

...

RAUSCH

Wie
ein Fisch
am Haken.

Mache
ich es mir
nicht zu
bequem?
Was tue
ich eigent-
lich für
ihn?

SCHMAAACHT ♡

PUH

Maaao?
Was ist?
Willst
du noch
mal?

UH

Auch heute Morgen war ich seiner Versuchung komplett erlegen.

Es war gefährlich! Ich wäre fast zu spät gekommen.

Ich ... bin noch nicht so gut darin ...

Hisashi ist solche Sachen längst gewohnt.

Das gefällt mir nicht.

PI

Das Ideal

Heute lässt du mich mal machen!

Ich möchte auch mal die Führung übernehmen.

GNN

PU

78

Hab gesehen, dass du den Film hochgeladen hast. Danke noch mal.

Was bist du denn jetzt so komisch?

I... Ich ...

Ich denk überhaupt nichts!

Hey, Mao!

Du alter Träumer! Wieder an was Perverses gedacht?!

BOMP

Klappe! Es sind schon wieder zwanzig Aufrufe mehr. Ich hab's eben überprüft!

Das kann echt sein.

HAHA

Sicher, dass du nicht fünfzigmal F5 gedrückt hast, Ichikawa?

Aber er wurde schon mehr als fünfzig Mal aufgerufen.

Eigentlich unmöglich, wo wir doch keine Werbung gemacht haben.

Alle möglichen Leute gucken sich unseren Film an!!

Das Ding kriegt immer mehr Aufrufe!

...jekt „Die vier Jahreszeiten und du, etc."

52 Aufrufe vor 2h

2          0

Kanal abonnieren

Haben sie dir nicht gesagt, dass du den vor den Sommerferien abgeben musst?

Ah, geht schon mal vor. Ich muss noch ins Lehrerzimmer, den Zettel für den Berufswunsch abgeben.

Ah, okay. Na dann, bis später.

Meine Eltern haben Urlaub im Ausland gemacht, darum konnte ich den Namensstempel* nicht benutzen.

* Namensstempel haben in Japan die Funktion einer Unterschrift.

Mein Berufswunsch, hm ...

So richtig angekommen ist das bei mir noch nicht.

Das dritte Jahr der Oberschule direkt vor Augen. Alles beginnt von Neuem.

Das Schulfest ist vorüber, den Filmwettbewerb haben wir verloren.

Die aus dem 3. Jahr sind weg und Ichikawa wurde neuer Vorstand des Filmklubs.

Die Sommerferien vergingen wie im Flug, und kaum, dass man sich der Zeit bewusst wurde, war alles schon wieder vorbei.

Bald müssen wir unsere Schuluniformen wechseln. Der Herbst prescht mit großen Schritten voran.

Wie wird es weitergehen? Mit mir ... mit Hisashi ... mit uns?

Mao.

Hisashi.

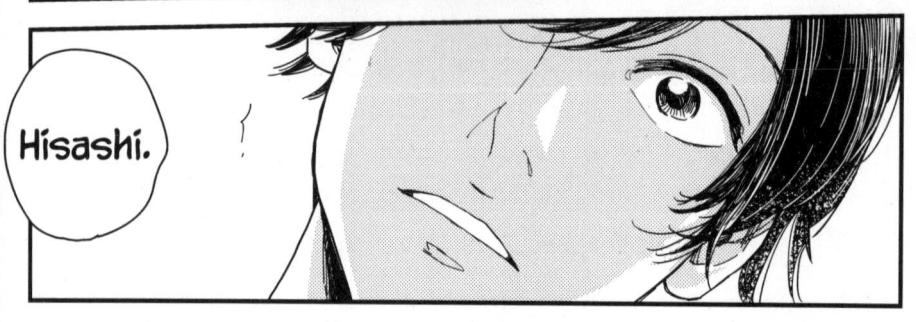

Ja, wir sind erst ein paar lockere Runden auf der Außenbahn gelaufen und jetzt haben wir gleich Unterricht in der Turnhalle.

Und du, Mao? Was steht an?

Hi, Tsuchiya.

Krasser Zufall.

So schnell trifft man sich wieder.

Habt ihr jetzt Training?

Bin auf dem Weg zum Lehrerzimmer.

Ich muss noch meinen Zettel mit den Berufswünschen abgeben.

Wenn man so eng aufeinander hockt, ist es doch logisch, dass man sich gut versteht.

Weil wir uns ein Zimmer teilen! Ist doch klar!

(Mit sehr viel Nachdruck!)

SCHNITZ

SCHNITZ

Ihr seht echt aus wie ein verliebtes Pärchen.

Oder, Mao?

Hmm ...

...

Mann! Du willst doch immer, dass es keiner erfährt, Hisashi!

Waaas? Mao, komm, trag mich mal Huckepack dorthin!

Du solltest auch gehen, Hisashi. Sonst bekommst du noch Ärger.

'kay, ich geh schon mal vor.

SCHWUPP

Im Theaterklub haben die aus dem 3. Jahr noch immer das Sagen.

Wenn wir zu spät kommen, kriegen wir nur wieder Ärger.

Ich bin
müde.

In letzter
Zeit fällt es
mir öfter
auf.

Hisashi ...

Hisashi
benimmt
sich
manchmal
wie ein
Kleinkind
und
schmiegt
sich bei
Wenn er  mir an.
einsam
ist.

Oder
keine Lust
hat, etwas
zu tun.

Nur
Spaß!

Ich geh
ja schon.
Das ist echt
nicht lustig,
von denen aus
dem 3. Jahr
verkloppt zu
werden, glaub
mir.

SCHWUPP

Ja, bis später.

Es kommt mir so vor, als hätte der Theaterklub mir Hisashi weggenommen.

Auch mit Honjo scheint er sich immer besser zu verstehen.

Also, bis später!

Oder ... bin ich es etwa, der sich einsam fühlt?

Ich wünsche mir so sehr, dass er seine eigene Welt erweitern kann.

Ich wünsche mir, dass er seinen Weg immer weiterverfolgt.

Dabei bin ich doch froh ...

... dass Hisashi sich der Welt da draußen ...

... öffnet.

Und trotz allem
denke ich, genau
jetzt, in diesem
Augenblick, wie
schön es doch
wäre, wenn er sich
umdrehen würde
und zu mir
zurückkäme ...

Wie ich
dieses
Gefühl
hasse.

?!

Hi...

Hisashi!

Er gibt mir immer ein gutes Gefühl.

Thank you! Also, bis später!

Danke, dir auch!

Mehr ...

Viel Erfolg!

Wenn ich ihm doch nur etwas zurückgeben könnte!

In Worten oder Taten oder sonst irgendetwas.

Auf meine ganz eigene Art und Weise.

Ich wünschte, ich könnte ihm noch besser vermitteln, wie sehr ich ihn liebe. Ihm auch ein gutes Gefühl geben.

Ich wünschte, mir würde es ...

... genauso gut gelingen, wie Hisashi es bei mir gelingt.

Die vier Jahreszeiten und du, etc.

Auf jeden Fall ...

BAMM

SCHRECK

Leute, und jetzt alle! Auf drei, okay?!

Zwo, drei, I-chi-ka-wa-Klub-lei-ter.

Zwo, drei!

Schmink dir das mal schön wieder ab!

Das geht echt gar nicht.

Du feierst dich zu sehr, Alter!

Waaah, wie lame!

Ich mach's!

Ui!

Oh, Mao! Voller Elan?!

Bei dem Blick läuft mir ein eiskalter Schauer über den Rücken.

Was ist denn auf einmal mit ihm?

Zuerst muss ich ihm meine Männlichkeit beweisen!

Überlas das nu mir.

Einen
Schritt
nach dem
andern.

Doch jeder
Schritt nach
vorne birgt
auch die
Gefahr eines
Rückschritts,
nicht wahr?

Immerhin
passiert es
eher selten,
dass man
innerhalb
kürzester
Zeit große
Fortschritte
macht.

Jeden Tag
aufs Neue
den Alltag
meistern.
Den Blick
nach vorn
gerichtet.

Ist es in Wahrheit nicht so, dass wir nie genau wissen, was wirklich vor uns liegt? Was die Zukunft bereithält für uns?

Und doch ...

Independent-Film „Die vier Jahreszeiten und du, etc."

1.027 Aufrufe - vor einem Tag 👍9 👎0

12.612 Aufrufe - vor zwei Tagen

Independent-Film
73.045 Aufrufe - vor drei Tagen
2052    19

Independe
237.555 Aufrufe
8.301

# Twilight Outfocus
### overlap
### take2

Wahnsinn, wie kann das denn sein?

Oh, noch während ich hinschaue, gehen die Zahlen weiter nach oben.

Ich sagte doch, dass meine Werke in der Vergangenheit 2.590 Aufrufe hatten.

Ja, ja.

Schon krass.

Wurden wir deswegen hergerufen?

Hier, seht euch das mal an. Ich glaube, hier hat es angefangen.

**Anfrage als Verkäufer für unseren Doujinshi-Fanklub\***

An: Filmklub Midorigaoka

Guten Tag! Mein Name ist NIGHTMARE und ich arbeite derzeit an meinem 2. Doujinshi zu FGQ. Ich habe den Film Ihres Filmklubs gesehen! Der Darsteller in dem Film, Herr Otomo, ähnelt sehr dem Charakter des Major Jack von FGQ. (Bitte werfen Sie hierfür auch einen Blick auf das angefügte Foto.) Ich würde mich sehr freuen, we... ... Klub ...

*Jack 189*

\* von Fans im Eigenverlag herausgebrachte Manga zu bereits bestehenden Werken.

...?

Zweite Produktion?

Das hat nix mit Film zu tun. Abgelehnt, der Nächste.

...

...

**Ich bin N-Ko und betreibe einen Blog zur BL-Forschung. Ich würde mich sehr über ein Interview freuen.**

An: Midorigaoka Filmklub

Mein Name ist N-Ko und ich forsche privat zum Thema BL.
... sah Ihren wunderbaren Boys-Love-Film! Die
...rstellung, besonders ... wären Sie even... ...in ...view?
...e Kussszene ... ... einander lieb...
...ollte ich Sie ger... ... freue mich a...
... wenn.

...?

Das hat auch nix mit unserem Film zu tun. Der Nächste.

E-Mail-Variante 3: Würden Sie eventuell für ein Gemälde Portrait stehen?

E-Mail-Variante 4: Möchten Sie nicht für uns als Haarmodel arbeiten?

E-Mail-Variante 5: Wollen Sie nicht bei uns im Laden aushelfen?

GRRRRR

Ich will nix davon machen.

Die fahren alle nur auf Hisashi ab.

KLACK

Was soll das denn? Haben die überhaupt kein Interesse am Kino? Es dreht sich alles nur um Otomo!

Wie? Schon vorbei? War das schon alles? Wo bleibt die Euphorie? Die Freude am Film?

Liebe Freunde vom Filmklub der Midorigaoka Oberschule. Schön, euch kennenzulernen!

Eine Mail haben wir noch. Das ist aber eine Videobotschaft, also kommt mal alle rüber, dann schauen wir's uns an.

Wir sind von der Tarumae Universität und gehören zum Klub für Unterhaltungsmusik. Wir haben auch eine Band mit dem Namen „Blue Frame Out".

YEEAH!

Wir haben euren Film gesehen und waren komplett von den Socken! Nicht wahr, Leute?

Oh ja! Eine wundervoll erzählte Romanze, so bitterzart, dass einem das Herz zerbricht. Und auch wie ihr das Filmlicht eingesetzt habt, hat uns sehr beeindruckt.

Genau! Vor allem die Szene im Abendrot ist uns im Gedächtnis geblieben.

Wir waren so überrascht, dass es in unserer Stadt Oberschüler gibt, die so einen starken Film gedreht haben.

Wir wenden uns an euch, weil wir uns gefragt haben, ob ihr nicht Lust hättet, für uns ein Musikvideo zu drehen?

Vor allem der Hauptdarsteller Otomo würde wie die Faust aufs Auge zu unserem aktuellen Song passen.

Es wäre so cool, wenn er in dem Musikvideo mitspielen würde.

Wer weiß ...

Wenn wir Glück haben, dürfen wir noch einen Auftritt der Band oder weitere Videos für die drehen.

RUCK

KLAPPER

Geht klar.

Kagari, hol die Erlaubnis vom Berater.

Mao, für die Kamera-Abteilung bitte so wenig Leute wie möglich. Bereite schon mal alles vor.

Verstanden.

Otomo, hättest du Lust, wieder in einem meiner Filme mitzuspielen?

Diesmal wäre es auch die Hauptrolle.

Was sagst du dazu?

... aber tatsächlich wollte ich schon seit Längerem noch einmal einen Film mit dir drehen.

Klar ist das in erster Linie der Wunsch dieser Band ...

Ich?
Also,
ich ...

Ich bin
doch viel zu
schlecht.

Honjo
macht das
tausendmal
besser als
ich.

Wie verhält man sich in einem solchen Moment am besten?

Wäre ich es, würde ich auch nicht wollen, dass mich jemand danach fragt.

Dabei sehe ich ja, dass es ihm nicht gut geht.

GRÜBEL

GRÜBEL

Soll ich ihn darauf ansprechen? Nur wie?

„Weshalb hast du abgelehnt?" Sollte ich ihn das fragen?

Hat der Wecker geklingelt?!

SCHWUPP

Oh Mist! Wir kommen zu spät!!

Ma...

Mao!

Hisashi, heute machen wir blau.

Oh ...?

PU

PI

Ich kanns mir schon vorstellen. Aber sag, was ist es?

Ich habe mir schon etwas überlegt.

Und das aus deinem Mund, Mao.

Also? Was machen wir? Gehen wir irgendwohin?

PI

III

Ich wollte dir etwas Gutes tun, Hisashi. Da du momentan so bedrückt wirkst.

Aber ich ...

... fühle mich irgendwie so nutzlos.

Dafür habe ich jede Menge „Gute-Laune-Filme" für uns rausgesucht.

Hier, in dem zum Beispiel schiebt 'ne Prinzessin 'ne ruhige Kugel!

Mao ...

Das stimmt doch nicht, Mao.

Hisashi ...

Der Filmklub hatte direkt mich im Kopf für diese Rolle. Und trotzdem habe ich abgesagt.

Ich muss mich entschuldigen.

Ich ... habe einfach kein Selbstvertrauen.

Damals hatte ich so viel Lust auf den Film und dachte, ich mach das. Aber diesmal ist es anders.

Ich kann die Hauptrolle nicht spielen.

Bei uns im Theaterklub gibt's so viele coole Leute, die tausendmal besser sind als ich.

Ich bin einfach nicht gut genug. Es reicht noch nicht für eine Hauptrolle.

RUTSCH

Na klar!

Oooooh

HAHA

BUMP

Ah!

Du lachst!!

Das ist einfach so süüüß!

KICHER
KICHER

Klar! So unverblümt, wie du die Nummer hier ins Erotische abdriften lässt. Da muss man ja lachen!

KÜSSCHEN

Ah!

STARR

Ich mache das.

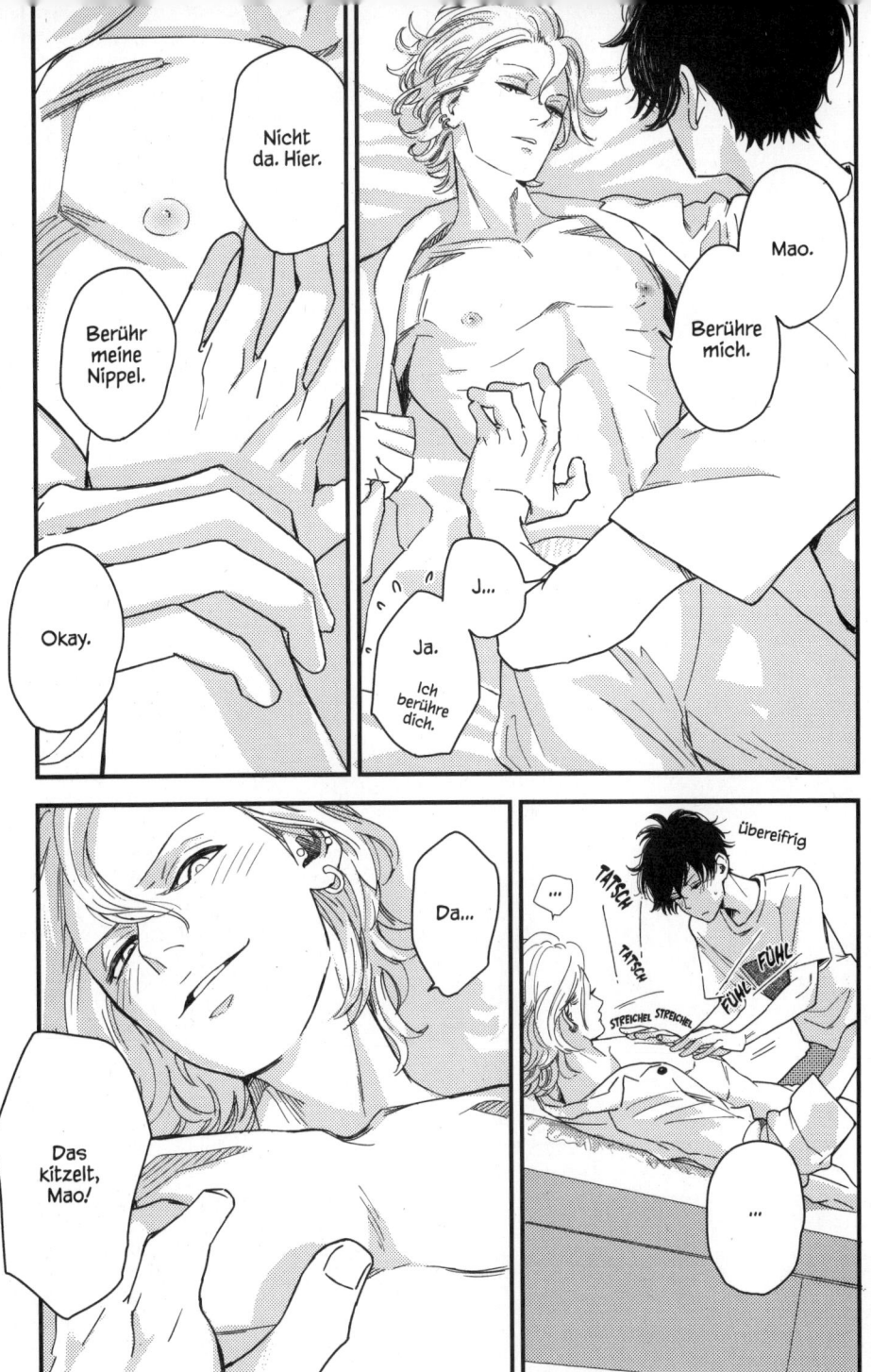

123

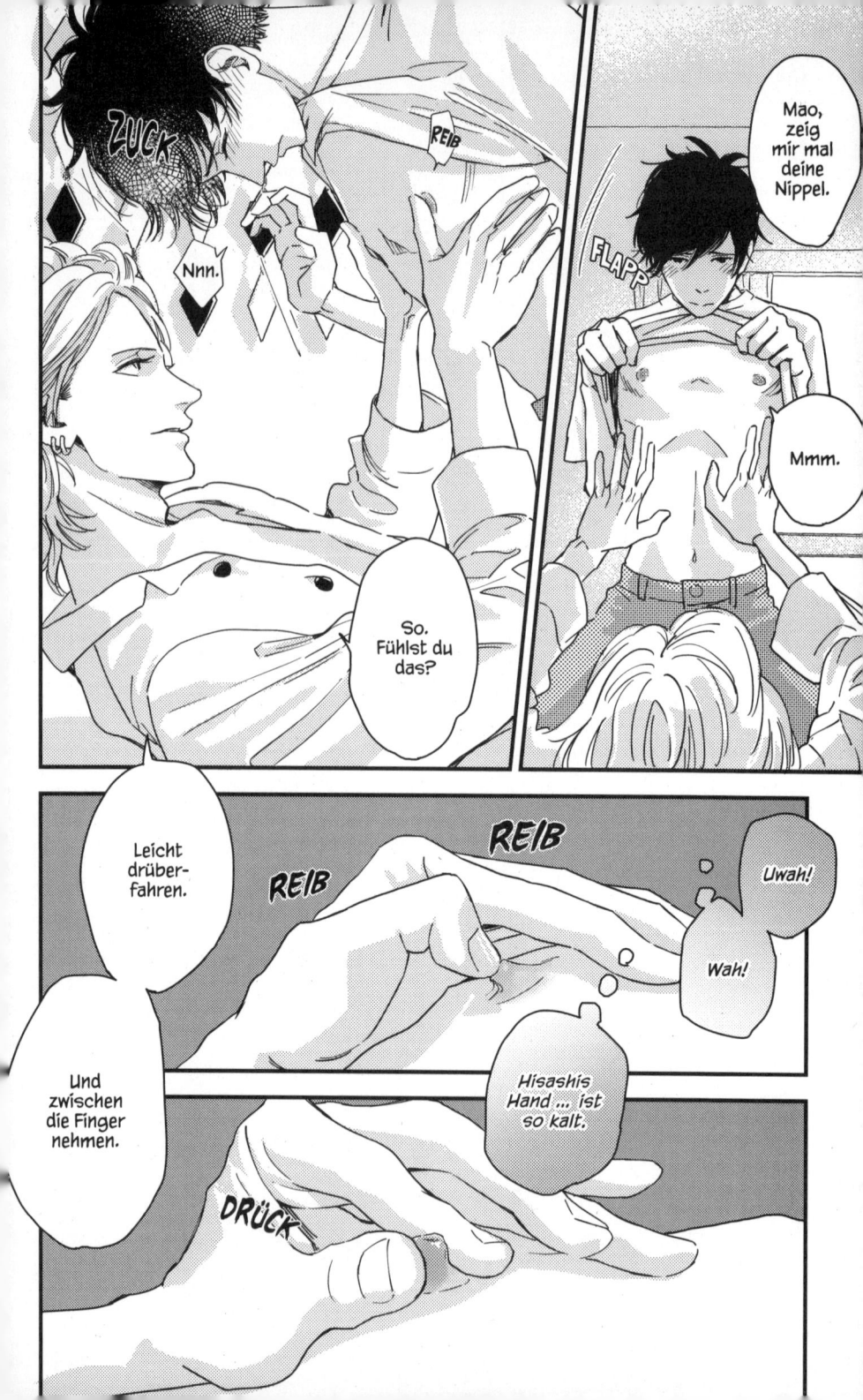

ZUCK

Ah.

Aah!

Das fühlt sich so gut an.

Aaaah.

HAH

HAAH ♡

Es ...

... fühlt sich so gut an.

Sorry ...

HAH

PUH

Wofür entschuldigst du dich?

# Twilight Outfocus
overlap
take3

Ah!

KNUTSCH

Siehst du das zum ersten Mal? Und, wie fühlt es sich an?

KAH

Wie ...

Sag's mir!

ZUCK

Ah.

Ah!

Hisashi.

Mmh.

QU

Ich?

Ja! Klar!

Wir sind schließlich zusammen.

Ja.

Ich geh nicht auf die Uni.

Ich will so schnell es geht auf eigenen Beinen stehen. Deswegen werde ich erst mal irgendwo was arbeiten oder so.

Was willst du nach der Schule machen, Hisashi?

Aber wer weiß, vielleicht meint es das Schicksal ja auch gut mit uns.

Wir beide sind füreinander bestimmt! Auf ewig miteinander verbunden, wie durch einen roten Faden.

Einen roten Faden?

Ja. Kennst du das nicht? Vom Schicksal verbunden?

Mit einem roten Faden sind unsere beiden Schicksale miteinander verwoben. Wir sind Seelenverwandte.

Doch, klar kenne ich das. Hisashi, du siehst müde aus.

„Das macht mir wirklich Angst", flüsterte Hisashi mir leise ins Ohr.

Und auch ich bekam ein wenig Angst davor.

Ich würde ihn gerne in seinem Glauben an uns bestärken, aber leider liegt das Schicksal nicht in unserer Hand.

Als ich darüber nachdachte, empfand auch ich sofort einen stechenden Schmerz in der Brust.

Was kann ich also jetzt ...

... in diesem Augenblick für ihn tun?

Ich möchte Hisashi glücklich machen.

MIDORIGAOKA BAHNHOF

RUMPEL

Habt ihr schon mit der Band gesprochen?

Ja, wir sind noch zur Uni gegangen.

RATTER

Und wir laden das Video gleich in die Cloud hoch, wenn es fertig ist.

FLATTER

Stellt euch bitte alle in einer Reihe auf! Ich verteile jetzt die Fahrkarten für die Leute aus Ichikawas Filmklub!

RASCHEL

Wer sein Storyboard vergessen hat, sagt bitte Bescheid. Wir haben genügend Exemplare mitgenommen.

Keine Sorge! Ich werde dich filmen.

GRINS

STARR

...

... ich bin der Regisseur, der dich am besten in Szene setzen kann, Otomo.

Also, ich will ja nicht eingebildet klingen aber ...

HA HA HA HA

Ah ...

Das höre ich in letzter Zeit irgendwie öfters.

Otomo, danke, dass du zugestimmt hast.

Kein Thema.

KR

Der Zug ist daaa!

Gehen wir den Inhalt und den Drehplan für morgen noch mal durch.
RATTANG
KATTANG
RATTANG
GATTANG
Kameraschwenk
Unser Schauplatz ist das Meer. Wir drehen zuerst die Einstellung, wie unser Protagonist am Strand entlangläuft.
Danach die Szene, wie er vom Meer und den Wellen überwältigt wird.

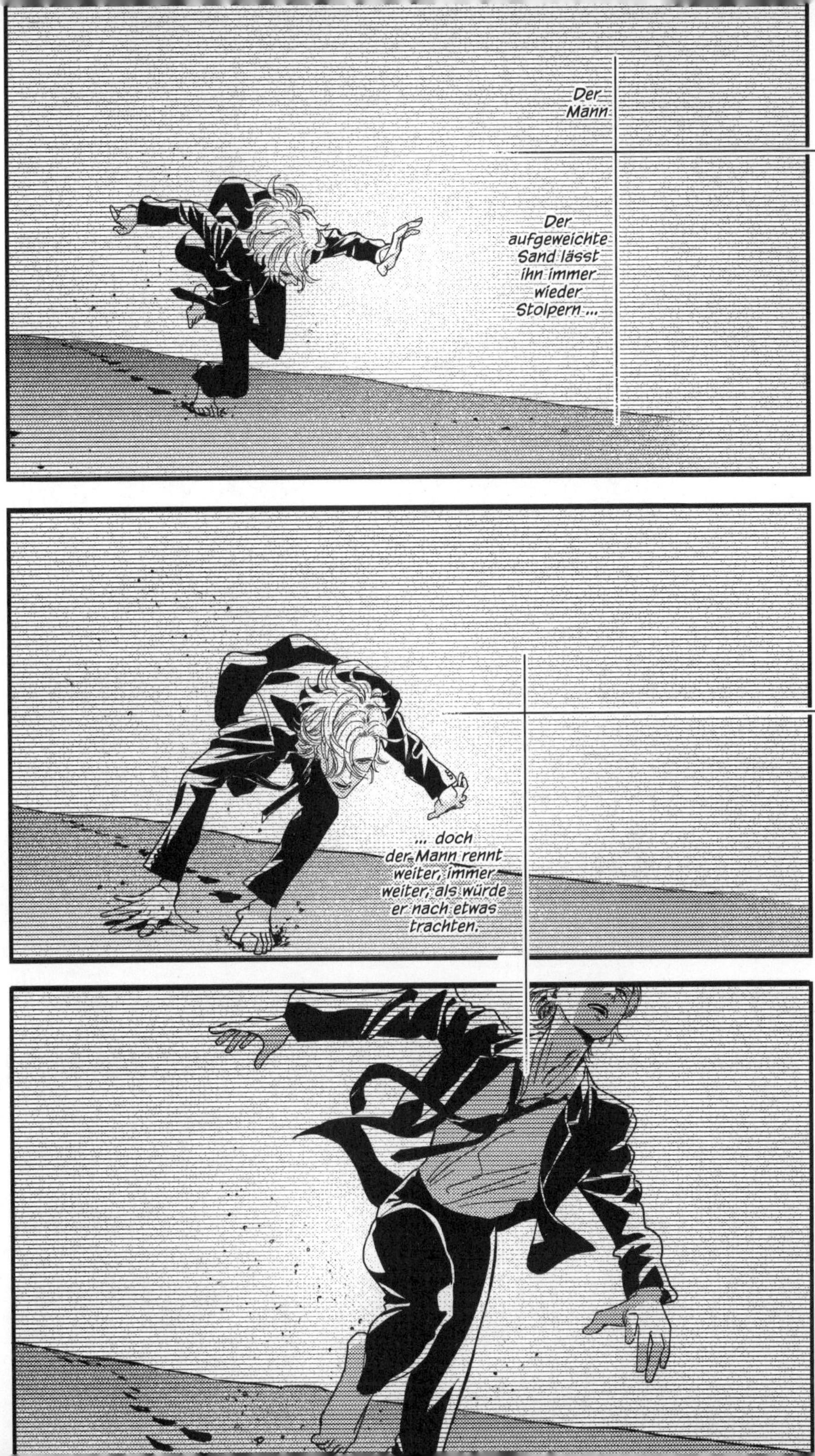

*Der
Mann.*

*Der
aufgeweichte
Sand lässt
ihn immer
wieder
Stolpern ...*

*... doch
der Mann rennt
weiter, immer
weiter, als würde
er nach etwas
trachten.*

Danke, aus!

HAH

...

HAH

HAAH

HAH

HAH

HAH

HAH

HAH

Sehr gut!

Ist gekauft! Der Take war gut!

Wir wechseln zur nächsten Einstellung.

Kunstleute, seid ihr so weit?

Kamera!

Und bitte!

Mao, bist du bereit?! Das wird die perfekte Plansequenz!

*Schon bald wird auch dieser Dreh enden.*

Okay.

Ja, bin bereit. Ich warte auf dein Kommando.

Und dann?
Wie oft werden
wir noch so
etwas machen
können?

Der Sommer
ist vorbei, der
Winter rückt
allmählich näher,
danach schon
wieder Frühling –
und auch wenn alles
gleich scheint,
so wird es doch
wieder ein anderer
Frühling sein.

Wie viele
„Danke!", wie
viele „Bitte!", wie
viele „Schnitt!"
und „Aus!"
wird es noch
geben?

Gemein-
sam mit
Hisashi.

Wie oft werden wir ...

... solche Momente noch zusammen erleben können?

Wenn es nach mir ginge, dürfte es niemals enden ...

Lass uns zusammenleben, wenn wir unseren Abschluss in der Tasche haben.
Wir können zwar unser Schicksal nicht ändern, aber wir können uns ein Versprechen geben.
Lass uns zusammenleben!
Ich glaube, wenn das unser Wegweiser wird, ist es gut.
Vielleicht nicht Schicksal, aber jeder einzelne Moment, den wir zusammen sind – das ist das, was wirklich zählt.
...

Hey, Mao.

Hm?

Lieber nicht? Ich bin der Hauptdarsteller.

Bis unser Dreh vorbei ist, muss ich anständig bleiben.

Stimmt's?

Ich will dich jetzt küssen.

Hä?!

Aber das ...

Unsere früheren Versprechen sind alle ungültig geworden.

Okay.

Geben wir uns noch mal ein Versprechen!

Wie sieht's da drüben bei euch aus?

So wie früher, auch wieder drei Stück?

Ja, warum nicht?

PLÄTSCHER

Die Ballons und die Steine sind kreuz und quer im Wasser verteilt! Ich kann auch keinen roten Faden finden!

Sucht! Na los, sucht! Rot! Guckt genau hin! Rote Kordeln!

Die sind extra rot, damit wir sie besser wiederfinden!

PLÄTSCHER

Waaaaaas?!

UWAAAAAAH

Was?! Sind wir zu wenig? Schaffen wir es nicht, alle einzusammeln?!

RAUSCH

Ich spüre da was an meinem Fuß.

Wir müssen uns beeilen, die Sonne geht unter!

Ah, ist das kalt!

Stell die Kamera ab und komm her!

Hey, Mao! Hilf uns mal!

Ah ... Okay, ich komme sofort!

**Bonuskapitel**

*Das Musikvideo für „Blue Frame Out" haben wir erfolgreich fertiggestellt. Fürs Erste lief das Video ziemlich gut, und es schien, als sollte die nächste Geschichte schon bald in unser Leben treten.*

Blue Frame Out – Running Man

Ach, echt? Und den sollen wir auch drehen?

Neben dem Song „Running Man" hat die Band wohl auch noch einen Song namens „Flying Man".

Sagt mal,
seid ihr zwei
eigentlich ein
Paar?

Hier, guckt euch doch nur mal die Fotos vom letzten Dreh an.

Die zwei sehen voll aus wie ein Pärchen.

Ja, ich hatte mich das auch schon gefragt.

SWUPP

KICHER

KICHER

KLEINER

HERZSTILLSTAND

Oh! Hübsches Foto!

Ist das mit 'nem Teleobjektiv geschossen?

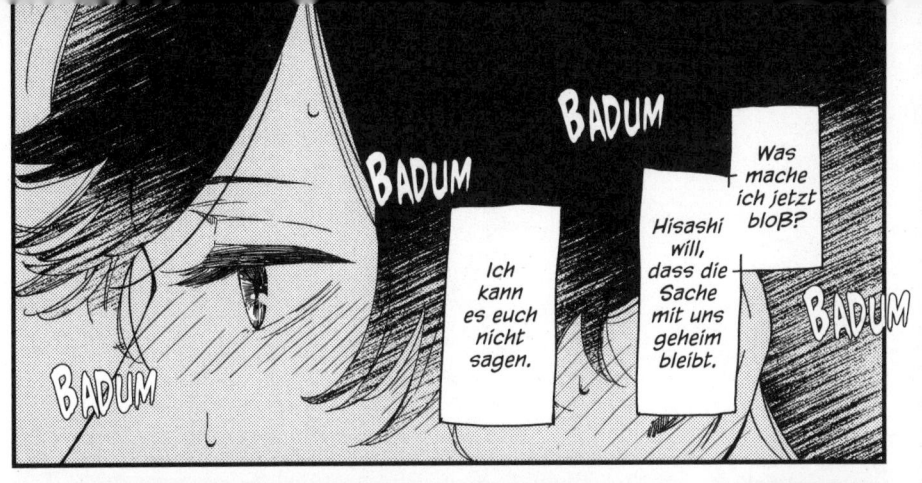

Ja. Wir sind
zusammen.

H....
Hisashi!

Kommst du
bitte mal
kurz?!

Ja ...

SCHNAPP

Ach?
Na, da
schau
an.

**HA
HA
HA** Mensch!
Sagt doch
was. Wozu
die Geheim-
nistuerei!
Glück-
wunsch!

Na, na,
was hast
du denn?!
Beruhig
dich doch
erst mal.

Ist das
wirklich in
Ordnung?
Ich meine,
du wolltest
doch ...

Hm,
ja ...
also
...

Das
...

... stimmt
schon.

Anfangs
war es
auch
so.

Ich
dachte, du
möchtest
nicht, dass
jemand
davon
erfährt?

...

Allerdings
dachte
ich ...

... solange es
deine Freunde
sind oder der
Filmklub zum
Beispiel, ist es
doch okay.

Wenn
es der
Filmklub
ist ...

Ein kleiner Einblick in die Hörspiel-Produktion

Diese Making-Of-Reportage innerhalb des Mangas entstand am 29. Mai 2020 während der Aufnahmen der Nachvertonung für „Twilight Outfocus" direkt vor Ort im Studio.

Diese beiden hier haben die Hauptrollen gespielt!

Yuuma Uchida spielte Hisashi Otomo.

Yoshitsugu Matsuoka spielte Mao Tsuchiya.

Und dann hätten wir noch die Jungs aus dem Filmklub.

Und Teru, gesprochen von Kouhei Yanagi.

Näher an Harajuku-Story hätten wir nicht mehr herankommen können!

Luna Kagari, gesprochen von Aoi Ichikawa.

Er sieht auch in echt wirklich sexy aus! Die freche Art von Luna hat er super rübergebracht!

Giichi Ichikawa, gespielt von Masatomo Nakazawa.

Herr Nakazawa, der so freundlich aussieht, hat den verliebten Ichikawa wirklich passgenau verkörpert.

175

Und noch die Gesichter außerhalb des Filmklubs!

Hisashis jüngere Schwester, gespielt von Saho Shirasu.

Auf jeden Fall eine süße Schwester!!

Sugiyama Riho spielte Hisashis Mutter.

Auch die Aufsicht im Krankenzimmer war wirklich hinreißend.

Taito Ban spielte den Lehrer.

Ein viel zu heißer Lehrer, wenn ihr mich fragt.

Honjo, gespielt von Takeo Otsuka.

Nicht nur als Sprecher ein absolutes Ausnahmetalent!

Also ...

Ja, an der Produktion einer solchen Hörspiel-CD sind wirklich eine Menge Leute beteiligt.

Ich bin schwer beeindruckt!

Ginger Records.

Die Hörspielregisseure.

Verdammt coole Typen.

Ja, läuft. Setzen wir uns doch.

Nimmst du schon auf?

Die Aufzeichnung beginnt.

Mao, der von Herrn Matsuoka gesprochen wurde, wirkt ein wenig unbeholfen, aber auch sehr ernst.

Ich war wirklich begeistert, was man alles allein durch die Stimme zum Ausdruck bringen kann. Sogar das tiefste Seelenleben einer Figur. Das hat mich wirklich berührt.

Mao ist der Wahnsinn! Wie ein Engel!

Viel zu süüüß!

Ja.

So toll!

Stimmt etwas nicht, Jyanome?

OHO HO HO

Was soll ich bloß tun?

Ich mochte ihn schon von Anfang an.

↑ Freundlich.

...

Er ist viel zu cool!

Alle haben sich in ihn verliebt!

Sogar habe ich mich in ihn verguckt!

Alle finden Hisashi so toll!

Und nicht zu vergessen Herr Uchida, der Hisashi gesprochen hat.

Unglaublich gut! Einmalig!

(geradeheraus)

Besonders in Erinnerung blieb mir jener Moment, als ich den Tränen nahe war.

Die Szene, in der die beiden über das Ende des Films sprechen.

Wenn sie so sanft zueinander sprechen, das muss man sich einfach anhören.

Es war toll, wie er diesen Satz so gut gelaunt sagen konnte! Sehr männlich!

Und nicht zu viel Elan.

FWAH

„Ich hab mir Pornos angesehen."

HA HA HA

TRATSCH

SCHNATTER PLAPPER

Tatsächlich herrscht in solchen Aufnahmestudios eine sehr freundliche und angenehme Atmosphäre.

Man konnte die ganze Zeit über hören, wie die Sprecherinnen und Sprecher sich nett miteinander unterhalten haben.

Hach!

Das sieht nach richtig viel Spaß aus!

Jaaa!

Was für eine elegante Bewegung!

Hisashi.

Er wurde mit seinem Rollennamen angesprochen.

Gott, war das bezaubernd.

Herr Uchida wurde mit dem Rollennamen angesprochen, hob dann seine Hand und stand auf.

Und so weiter und so fort! Es gäbe noch so viel mehr zu erzählen. Leider konnte ich nicht alles zeichnen. Wirklich sehr schade.

Ich würde mich wirklich sehr freuen, wenn ihr alle in den wunderbaren Genuss dieses einzigartigen Werkes kommt! Es waren nur Profis am Werk, die so eine tolle Hörspiel-CD aus „Twilight Outfocus" gemacht haben! Es ist wirklich richtig, richtig gut geworden! Die CD erscheint am 29. Mai im Handel*! Holt sie euch! Ich würde mich freuen!

Bitte anhören!

Eine Szene, in der Hisashi und Mao einen Film anschauen.

Zu diesem „Film" gibt es auch ein Drehbuch, dass die Sprecher dann eingesprochen und aufgezeichnet haben.

Ich bin wirklich so dankbar, dass sie sich bis ins kleinste Detail an mein Drehbuch gehalten haben und ein solch wundervolles Werk daraus wurde. Ein richtiges Schmuckstück.

\* nur in Japan

# Afterimage Slow Motion – Prolog

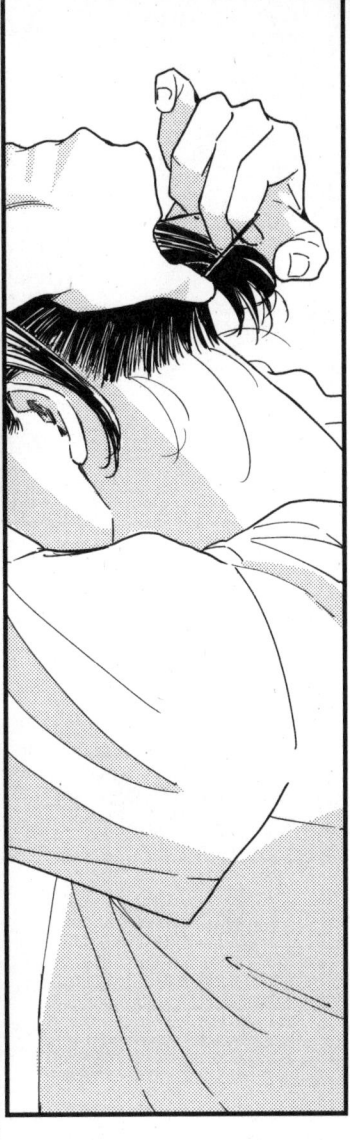

Okay.
Ich sollte
langsam
los.

WUSCH

HUSCH

TUSCHEL

Angeblich haben die vor Kurzem wieder was gedreht.

TUSCHEL

Ein neuer Film?

Oh! Der Filmklub.

Das ist Ichikawas Truppe.

Der berüchtigte Zug des Herrschers.

Ah, genau. Das ist der Film, den sie beim Schulfest zeigen wollten.

Bestimmt für einen Wettbewerb, oder?

Wie letztes Jahr schon.

182

SCHWUPP

Nun? Was sagen Sie dazu?

Herr Regisseur.

Solche Meinungen gibt's auch.

„Ich glaub ja nicht, dass die Typen von Ichikawa in der Lage sind, einen guten Liebesfilm zu drehen!"

Na ja, weil die ...

... wohl denken, dass wir uns in Sachen Liebe nicht so gut auskennen, hm?

Wieso sagen die „die Typen"?

VERFLUUUUU

Jepp.

Soll das etwa heißen, wir sind unbeliebt?

...

UUCHT

FUSCH

FUSCH

Wie? Ich dachte, du wirst wütend. Was ist denn los?

Unsinn.

Lass die nur reden.

Wir werden sie mit unserem Werk schon überzeugen.

Außerdem stimmt's ja, viel wissen wir nicht gerade über die Liebe.

Sicher, auch ich möchte sie eines Tages verstehen.

Aber jetzt ist nicht der Zeitpunkt dafür. Es ist gut, so wie es ist.

SWUPP
☆

Die kamen so schnell angeschossen, da hab ich sogar vergessen, zu grüßen.

Tss.
☆

...

Was für ein arrogantes Arschloch!

Die haben mich voll erschreckt. Aber ja, sind halt die aus dem 3. Jahr, was?

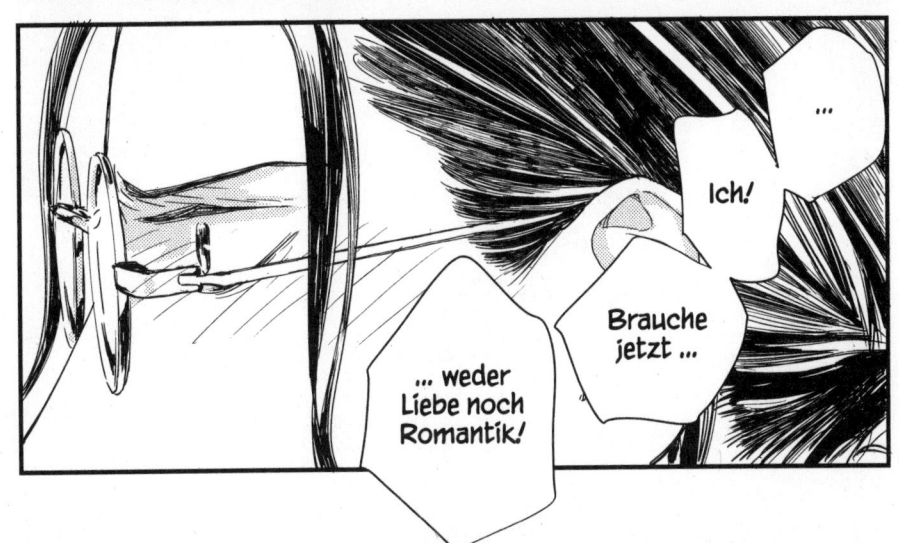

...

Ich!

Brauche jetzt ...

... weder Liebe noch Romantik!

end

# STOPP! DIES IST DIE LETZTE SEITE!

**TWILIGHT OUTFOCUS** ist ein Manga, und einen japanischen Comic liest man von hinten nach vorne. Auch die Lesereihenfolge der Bilder und Sprechblasen auf den Seiten ist anders als gewohnt: von rechts oben nach links unten.

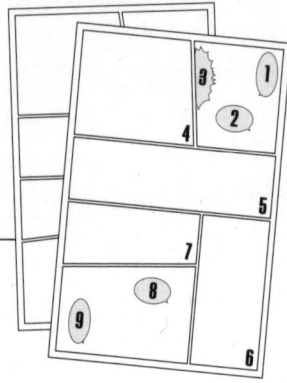

# TWILIGHT OUTFOCUS 2

von
Jyanome

2. Auflage, 2021
Deutsche Ausgabe/German Edition
© Manga Cult, Ludwigsburg 2021

Aus dem Japanischen von Martin Gericke

Copyright © 2020 Jyanome. All rights reserved.
First published in Japan in 2020 by Kodansha Ltd., Tokyo.
Publication rights for this German edition arranged through Kodansha Ltd., Tokyo.

Programmleitung: Michael Schuster & Alexandra Grimsehl
Redaktion: Alexandra Grimsehl
Lektorat: Laura d'Argent
Layout und Lettering: Manga Cult, Datagrafix GSP GmbH, Berlin
Druck: GGP Media GmbH, Poessneck

Print-ISBN: 978-3-96433-470-1

www.manga-cult.de | August 2021